청어詩人選 420

꽃이 진다고
봄이 질까

죽계(竹溪) 제정례 시조집
JAE JEONG RYE POETRY

청어

이 세상이라는 시공을 함께하시는 모든 분들께
신의 가호와 은총이 함께하길 기원합니다.

차례

3부 봄바람이 사는 그대의 손 편지

4부 끝을 딛고 자라는 시작

5부 섬은 옷깃이 늘 물에 젖어있네

1부

꽃이 진다고 봄이 질까

그것은 나무가 살아낸 길 속의 길
끝까지 감추고만 싶었던 길인지도
숲으로 상처를 덮듯 길로서 길을 덮어

꽃이 진다고 봄이 질까

강철 같은 겨울까지 씹어 먹고 자란 봄이
거기가 어디라고 아스팔트 틈새까지
똬리를 틀며 돋아나
잔망스레 싹쓸이

자라면서 비바람을 줄줄이 달고 올 줄
시치미 뚝 떼어도
다 안다는 눈총에는
빛나는 부활을 위해 피지 못한 몫까지

날마다 어디선가 아깝게 꽃은 져도
새 생명의 호흡으로 움트는 땅의 열기
봄이야 어찌 지겠나 꽃눈 잎눈 천진데

Would spring be faded though the flowers fade

The spring chewed even the steel-like winter
has been growing everywhere
Even in the gaps on the asphalt
It has been growing and covering all over the world

Growing up in a continuous rainy and windy
Even if spring pretends not to know anything,
But spring's observant eye signs for the bloom
Even the portion of the flowers that didn't get bloom.
Spring always prays for their shining resurrection

Everyday, somewhere
Even if the flowers fall
There are the sprouting heat of the ground with
the breath of new life.
Never spring fade forever

달빛 모정

당신의 무릎 대신 달빛 베고 누우면

지나간 날들이 다 무수한 별이 된다

하늘과 땅 사이가

수
억
리

밖 이어도

Mother's Love Beneath the Moonlight

Instead of your knees
As I lay on the moonlight

All the days gone by
Become countless stars

Between heaven and earth
Hundreds of millions of miles away
Even if it is

개벽의 꿈

꼭 닫힌

봉오리는 나의 밤의 어디쯤

간밤에는 비 왔지만

어느새

별들이 핀

새벽의 문고릴 당김, 답이 달려 있을까

기도

아이 옷에 뜨겁게 밴 햇볕을 만져보다

나 클 때는 따스했지

그립구나

그 체온

그 모습 속히 되찾아

우리들의 삶으로

나이테를 태우며

봉인된 나이테의 어느 곳에 살았던가
언뜻언뜻 푸르게 춤추는 노란 불꽃
한 줄기 연기를 뿜네
채 못 마른 한숨 같은

그것은 나무가 살아낸 길 속의 길
끝까지 감추고만 싶었던 길인지도
숲으로 상처를 덮듯 길로서 길을 덮어

낙원

맨발로

어둠 속을 건너가는 별들이 다

어둠이

깊을수록 더 빛나는 눈빛으로

꿈에도

낙원을 향해

잔망 떠는

밤
하
늘

내일의 네 일

오늘도

어디 갔나 두드려도 답이 없다

한 걸음 다가가면 또 한 걸음 물러나서

아니지 말이야 내 일은

내일의 이 무응답

달빛에 등을 기대고

달빛에 기대자, 달님이 휘청한다

내 생각의 무게가

너무 많이 나갔나

달님은 장난기 섞어 짐짓 그래 보았다

2부

별마저 비에 젖어
꺼진 밤이어도

네 품에 안긴 채로 밤을 꼬박 새웠는데
하늘과 땅이 반반씩 나눠 마셔버렸나

나만 홀로 덩그러니 다시 홀로 또 남았다
밤마다 찾아왔다 되돌아가는 너를

미련

어디로 가는 건지 볼 부은 저녁노을

산 능선 놓칠까 봐 붙들고 발 버티며

오늘을

엿
가
락
같
이

늘일 수만 있다면

Lingering

The sunset Swollen cheeks,
I wonder where the sunset is going to

I'm afraid I could miss the mountain ridge
Hold on and hold on to his feet

I hope 1 could extend today like elastic

밤

당신이 보고파서 마음이 추웠던가
마음이 추워져서 당신이 그리웠나
당신의 눈빛을 닮은 별을 헤는 나는 밤

밤의 빛이 검을수록 별빛 더욱 깊어가고
별빛이 깊을수록 그리움도 깊은 것은
별들이 나를 읽어서 당신에게 전하여

Night

Because I have missed you
Has my heart been cold?
Because my heart got cold
Have I been missed you?
resembling your eyes
Counting the stars
I am the night

As the darkness of the night is getting deep
The starlight grows deeper
The deeper the starlight is
also the deeper the longing is
Because the stars know that
I want to tell you something

별마저 비에 젖어 꺼진 밤이어도

별들도 비에 젖어 꺼져버린 어둠 속에
불을 쉽게 못 삼키는 부엌의 속을 본다
부엌이 했던 일들은 불이 붙어 다 탔다

수십 년을 매일 세끼 대가족의 밥을 짓고
식구들의 잠을 위해 구들을 데우려고
온몸을 불태운 흔적 기억으로 있을 뿐

어머니가 하신 일도 부엌 같은 것이었다
화약이 젖을까 봐 성냥갑을 꽁꽁 싸맨
비닐을 풀던 엄마 손, 어젠 듯이 선한데

독립으로 가는 길

댓잎을 단 채로 다 잘려서 나가도

바람 한 점 새어서는 절대로 안 된다네

마디가 모두 열려도

끝내 읽지 못하게

우리말 우리글로

꿈을 펴는 날까지

막걸리를 빚듯이 우리의 혼 빚어야 해

대마디 층층이 자랄 자유로운 날까지

돌아가는 이유

내리막과 오르막을 바다의 파도 같이

산과 산을 이으면서

능선으로 흘러온 건

고향이 그 너머에서 기다리고 있어서

돌꽃

귀대면 들려오는 바람의 채찍 소리
오래 보면 다 보이는 상고대와 진눈깨빌
꼼짝도 하지 못하고 어찌 모두 견뎠나

밤새도록 내린 비에 도드라진 그 흔적을
침묵에 침묵 얹어 피워올린 그 자태를
길이라 부르기보단 꽃이라고 부를게

동백꽃의 파문

동백은
진 자리가
늘 절벽의 끝이어도
떨리는 첫걸음이 쓰러질 듯 흔들려도
새로운
길을 찾아서 온 누리를 살핀다

영원한 태초부터 배밀이로 돌면서
새파란 살 차올라 잉태한 바다가
목 놓아
부르는 것에 눈을 뜨며 피는 곳

맨발로 못 서면 설 수 없는 바다에서
덧난 곳 또 터진 듯
더 붉게 다시 한번
피어난
붉은 종 안의
금빛 봉을 흔든다

물의 물구나무

물속의 나무는 다 하나 같이 물구나무
동그란 머리 문양 물무늬를 놓는 비도
하늘을 못 놓고 가는 물길 딛고 물구나무

무궁화 굴밤나무 소나무 진달래 간(間)
시냅스와 시냅스를 뜨겁게 잇기 위해
휘도는 내리막길에 오르막을 비할까

수상돌기 가지마다 붉은 힘줄 일어나
절벽을 뛰어내려 모난 돌도 깎아내려
열려는 만 리 밖 문은 낭떠러지 천 길 밖

바다의 울음에는 눈물이 없다

방사능 오염수에 독물과 쓰레기로
때때로 숨쉬기가 힘겨운 그 모습이
땅에서 퍼덕거리는
물고기와 같아도

바다라고 할 때부터
눈물 맛인 바다는
눈물을 흘려도 가슴 속에 묻는데
바다의 밖에서 대체 무슨 수로 읽겠나

밤

기필코 네 얼굴을 보고야 말겠다고
네 품에 안긴 채로 밤을 꼬박 새웠는데
하늘과 땅이 반반씩 나눠 마셔버렸나

나만 홀로 덩그러니 다시 홀로 또 남았다
밤마다 찾아왔다 되돌아가는 너를
날마다 만난 아침도 얼굴 본 적 없다고

밤을 맞는 바다의 노을이여

누구를 만나기에 볼 붉힌 노을이여

쉼표 잠시 찍어두고

그렇게 꽃단장을

수평선 저 너머의 그 기다림이 보인다

방패의 기억

때로는 팔랑크스
더러는 게릴라전
심장을 겨냥하여 쏘아 놓은 화살촉에
"살아서
돌아가던가
방패에다 실린다"에

철갑 견장 가슴의 거북선 방패에다
죽음도 되살리던 장군의 나라 사랑
대공에 깃들었다가 공명으로 응한다

베틀의 추억

어렴풋한 등잔 빛도 한낮을 지나듯이

타원을 그리면서 소리 없이 북이 돈다

똑같은 자세로 가도

길은 매번 달랐다

3부

봄바람이 사는
그대의 손 편지

지름길로 달려와서 문 열라는 빗발은 다
먹구름을 벗어나니
빈 곳은 길이라며
문 열고 밖을 보란다 봄이 마중 왔다고

부부의 푸른 여백

새하얀 화선지에 봄맞이 난을 치듯
잡초를 걷은 땅에 모종을 내는 부부
고단한 하루를 털며 등을 펴는 저물녘

착근해서 다 크기 전 돌아서면 잡초밭에
다 묻은 한 세월로 키워낸 자식들이
톡톡히 제 몫을 하며 자리 잡아 살다가

돌아와 둘러앉은 동그란 두레상의
크게 한입 따끈한 밥 달래 냉이 녹는 향은
부부가 텃밭에 그린 수묵화의 푸른 여백

A Couple's Blue Space

On pure white rice paper
Like throwing orchids to welcome spring
On the ground cleared of weeds
A couple planting seedlings
Shaking off a tiring day
They stretch their back on the sunset

Before it started working and growing up
When I turn around, I'm still in a weed field
that all my life was buried
The children I raised are
doing their parts well
After settling down and living

They came back and sat around
at a round two-legged table
A warm rice in the mouth of their children
The scent of boiled wild chives
All of the above is the blue margin of ink painting
that a couple painted in the garden

봄바람이 사는 그대의 손 편지

재가 되어 사라져도
기억 속 몇 문장에
그때의 봄바람이 깃들어 살고 있어
사철을 낯가림 없이
내 편으로 무조건

살얼음을
맨발인 줄도 모르고
청 보릿결 단발머리 나풀대며 달려오면
시들어 가던 것들이
물먹은 듯 되살지

별들의 고향

새벽만 되면 어디를 갔다가

어둠에 젖어서야 제 자리로 오는가

행여나 네온사인에

길 잃을까 하였다

봄의 고백

홀로서기 못 해서는 설 수 없는 바닥이다

껍질을 벗어 놓고 나래 돋쳐 올라서

철 따라

모습 바꿀 때

가슴 뛰는 이 바닥

봄의 물구나무

새봄이 놀러 와서

거꾸로 섰나 보다

주머니 속에서 막 쏟아지는 봄꽃들

밥상도 날마다 봄꽃 내내 그리 섰거라

봄의 전령

지름길로 달려와서 문 열라는 빗발은 다
먹구름을 벗어나니
빈 곳은 길이라며
문 열고 밖을 보란다 봄이 마중 왔다고

언제부터 그리 나를 지켜보고 있었던가
눈길 가는 곳마다
마주치는 잎눈 꽃눈
때 묻은 나의 마음을 적셔 씻어 봄으로

연둣빛 배냇짓에 묻어오는 아기 내음
내게서 돋는 건가 내 모든 게 다 새첩다
쨍쨍한 햇볕이 나면 말려둘까 봐 나의 봄

붉은 등대의 기대

앞으로만 나아가게 등 뒤에서 막아선
망망대해 닿을 곳에 불을 켠 등대가
어디서
바라보아도 길이 되어 푸른 밤

달려가 꿈인 듯이 닻을 내릴 항구를
가없는 불빛으로 쓸어내고 닦으면서
말없이
서서 기다린, 그대 등대 기대어

마침내 닿는 곳에 피어 날 하얀 물꽃
이윽고 만져 볼 수평선의 그 평화로움
한 획의 선으로 누워 흔들림이 없었던

비상구

지기 전에 잎은 이미 새잎을 준비하고
등 굽었던 어제는
새벽을 넘어서며
허리를 곧추세우고 아침으로 오는데

그때는 왜 내가 그리 밖에 못했을까
딴 길로 걸었으면
지금 어디 있을까
준비를 못 해 놓쳤던 그 길
열지 못한 비상구

비의 오음

빗소리가 꽤 요란한 가벼운 스틸 기와

조금씩 금이 가던 토기와 대신이라

탕건과 두루마기와 망건, 갓이 안 째여

새 옷이라 입혔지만, 수명은 매우 짧고

무게 있게 버텨 선 기둥과도 안 어울려

언젠가 진흙 기와로 갈아입혀 주고파

4부

끝을 딛고 자라는 시작

당신보다 먼저였던 자식들 뒷바라지
갈수록 더 커지는 아버지의 그 모습이
우화해 날아간 듯이 걸려 있는 단 한 벌

▲이산(李山) 제정례 작품

*이산(李山) : 서각 부문에서 받은 제정례의 호

인생

햇살에 눈을 뜨는 꽃잎의 미간 위에

이슬이 맺혀 있다 그 꽃의 꽃이었다

다치지 않게 가질 길은

어디에도 없었다

Life

Waking up to the sunlight,
Above the petal's brow

There is dew
It was the bloom of that flower

A way to hold without harming,
Was nowhere to be found

끝을 딛고 자라는 시작

기대고 잠들었던 별들이 스러지자
눈이 무척 밝은 해가
눈두덩이 붉어 온다
밤보다 낮이 어두운 가난함의 민낯에

쌓으면 산이 되고 풀면 강인 길을
갈 길에 쫓기어서 쉬어 갈 틈도 없이
아침을 향해 더듬는 그 발등을 비추며

빛

저물녘 뽀얀 흙에

뿌려진 한 줌 햇살

풀꽃을 피워올릴 내일을 꿈꾸면서

그대도 세상의 빛으로

깨
어
서

꽃

피
우
라

빛의 후예

붉은 해가 바다 위에

금가루를 뿌렸다 누구든 퍼가라고

밀려오는 금빛 파도

눈부신 빛을 발하는

새 아침을

내 가슴에

사라진 달그림자

달 안으로 들어가서

문을 꼭 닫은 달이

쫓아오던 것들이 별들임을 알았을 때

그때가 그믐이었음을

깨닫게 된 순간에

사라진 집의 위험한 우물

주저앉은 왼 기둥을 오른쪽 기둥으로
버틸 만큼 버텼는지 더 이상 못 버티고
끝내는 아주 완전히 주저앉은 기와집

총성보다 더 크게 뻥 하던 소리가
기둥이 부러지는 소리였던 것임에
무너진 어디쯤에다 덧없음을 묻을까

장골같이 가족들을 지켰으나 흔적 없고
우물까지 가려버린 잡풀에다 대나무만
팻말을 세워야겠다 우물 있음—주의 요망

주인도 관리자도 없으니까 어쩌나
막대기로 더듬으며 우물을 찾아내고
주변에 제초제를 싹 뿌린 지 일주일

우물이 동그랗게 드러나니 안심이야
내일은 지역 관청 도움을 구해야지
팻말을 세워뒀지만 오래가지 못할 테니

삶

땡볕에 던져지면 뜨겁게 닳았을 때

원하는 모양으로

빚어야 하는 거야

그렇게 따끈한 신상 만들어서 내는 거야

수채화를 그리는 가을

억새가 손을 펴자 퍼지는 땅거미에

국화 향이 스며들어 파문을 일으키며

노을빛 가장 고울 때

낙관 찍어 둬야지

아바타

제멋대로 굴러가서 사라져 버릴 듯한

저 이슬을 어찌할까

오늘과 참 닮았다

그래서

더 돋보이는 것마저

똑

닮았다

아버지의 날개

조그만 장롱 속을 지키는 양복 한 벌
여름엔 반소매에 봄가을엔 긴 셔츠로
겨울엔 코트 덧입고 견뎠구나! 사철을

당신보다 먼저였던 자식들 뒷바라지
갈수록 더 커지는 아버지의 그 모습이
우화해 날아간 듯이 걸려 있는 단 한 벌

하늘의 울 할머니 아버지 등 토닥이며
자식 옷이 제 날개라 애들 입음 그저 좋아…
이제는 하늘 날개니, 너도 그리 날 거라

안과 밖

안에서 봉오리가 빼꼼히 내다본다

문 안에서 밀었는지 문밖에서 당겼는지

아니면 저 스스로가 문을 열고 나왔는지

안에서 느끼던 밖, 참으로 눈부시네

밥 짓듯 문 꼭 닫고, 참 곱게도 빚었구나

서로를 들여다보며 경이로운 안과 밖

액자 구성

박꽃을 머리에 단 초가집을 빙 둘러선
바람막이 돌담 사이 열어 둔 사립문을
발꿈치 들고 들어와 눈빛으로 깨우는

창호문 문양마다 팽팽한 햇볕같이
무명옷 삶아 빨아 풀 먹여 다려 편 듯
옹색한 살림을 피려 늘 바쁘던 울 엄마

어스름 새벽 밭의 잠에서 아직 덜 깬
아침 이슬 툭툭 털며 된장찌개 끓이려고
아련한 흙 마당으로 들어설 듯 그때 같이

이제는 별이 된 그 길 위에 내 그림자
고양이 세수한 후 책보를 겨우 챙겨
어머니 걱정을 달고 등굣길에 서 있다

어둠만이 아는 것

서로의 얼굴 본 적 단 한 번도 없었는데
언제 어찌 읽었는지
내가 제일 좋아하는
별들을 가슴에 달고 내일과 늘 함께다

어둠이 걷는 길이
밝은 해를 향해선데
얼굴은 왜 감추는지 굳이 물어 뭣하나!
어둠이 깊어가야만 별빛 더욱 밝은지도

오른손이 하는 일을 왼손이 모르게

움푹 팬 구덩이를 꽃으로 피우고도

아픔은 이렇게

낫게 하는 것이라고

말하지 않고

꽃들은

해맑게만 웃어요

온 동네 사람들이 다 회동하는 아가들

단풍 손 내밀어서 내 손을 꼭 쥐고
입안으로 가져가서 치발기로 삼아서는
잇몸을 다 골고루 힘, 진짜 보통 아니다

한 번씩은 아파도 언제 그리 아팠냔 듯
하루를 열과 씨름, 다음 날 재롱에는
움츠린 날개를 펴고 세상을 다 가진 듯

손자·손녀 모습 같이 배냇짓 하면서
연둣빛 싹 날마다 내 맘에 돋아 자라
꿈꾸는 들과 산 같이 갈수록 더 푸르다

그렇게 꿈을 꾸고 축복하려 눈 맞추며
온 동네 사람이 다 신나서 회동하는
봄 같은 희망이구나 세상의 모든 아가

우기(雨期)

산과 들을 감아올린 칡 잎이 녹아내려

기존의 선이 바뀐 생태계의 변화도

쓸어서 다 찌그러진 집터도 다 남의 일

5부

섬은 옷깃이 늘 물에
젖어있네

아버지의 마지막 담배일 줄 몰랐었다
나이테의 연기마저 아버지의 연기같이
빛만을 남겨두고서 하늘로 되돌아가

섬은 옷깃이 늘 물에 젖어있네

세상을 둘러볼 때 쏟아진 눈물같이
짜디짠 바다와 태초부터 늘 하나인
바닷속, 섬은 옷깃이 젖은 채로 오늘도

선을 그어 나누기가 다급한 세상에서
바다와 섬의 경계 모를수록 더 좋다며
깃들어 사는 모두와 더불어서 어깨춤

금으로 반짝이는 바닷속 날파도가
수평선을 싣고 와서
지평선을 담아 가는
바닷속, 섬은 옷깃이 젖어있네! 언제나

지킴이

집을 지켜 내는 일이 천부적 일이라고
지붕을 에워싼 암기와와 수기와
하나도 제자리 지킴을
벗어나면 길 없다

기둥도 지키고 대들보도 지키지만
대를 이어 가야 할
정신적 기둥 먼저
세워서
받치는 마음
벗어나면 길 없다

책갈피에 놓는 봄 길

흩날리는 벚꽃 속을 이리저리 뛰는 내 딸
꽃잎은 다 비껴가고 햇볕만 손 안 가득
누군가 간질인 듯이 바람 일어 또다시

흩어지는 꽃잎 연등 바람에 날아내려
이윽고 두 손 모아 고이 받은 꽃잎 한 장
손금을 가지 삼아서 새뜻하게 또 피어

다칠까 저어하며 고이 펴서 천공(天空)같이
봄이 자란 여름이나 가을과 겨울에도
봄으로 들어가 보려 책갈피에 놓는다

코로나에

채 다 피지 못한 봉오리도 떨어졌다

이러다 우리 모두

섬이 되고 말겠다고

찔레꽃

붉은 가시로

푸른 하늘 찌른다

고(古) 문건의 기억

-함재 할아버님를 이어 아버님께서 보관하시다
 우리에게 온 고(古) 문건의 기억-

살길 찾을 뿐인데도 목숨까지 걸라 한다
내 나라 내 땅에서 우리 권리 빼앗은 후
하루도 못 견딜 일을 밥 먹듯이 하란다

우리 말 우리글이 남의 말에 남의 글
우리글 익혀 이을 후학을 길러야지
이름을 초야에다가 몇 번을 더 묻어도

▲일제강점기 후 법무부 장관과 국무총리를 역임한 산강재 변영만과
동곡서당 운영자 함재 제영근 선생과의 교분

▲함재 제영근 선생과 하산 성순영 선생과의 교분

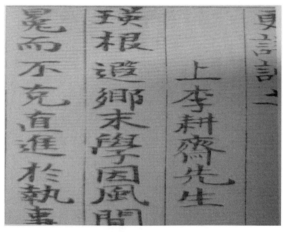

▲경집(제영근 선생의 자)

해경당수초의 저자 경재 이건승과 함재 제영근 선생의 교분

동곡서당(東谷書堂)
-할아버님의 동곡서당

어둠이 덮을수록 더 빛나는 별과 같이
독립을 꿈꾸면서 강학의 길을 가신
땡볕이 속 끓일수록
더욱 짙은 숲으로

산 능선에 둘러싸여 호수 같은 하늘 아래
사람 귀한 마을 안
낮 등 같은 민들레가
불빛을 가득 머금은 닥종이 문 빛일 때

얼었다 풀리는 강물 같은 푸른 봄을
먹고 또 마셔도 남아서 춥지 않은
모두의 봄을 향하여 발걸음을 옮기는

丙戌三月二十七日權○○

崔忠鎬 恕卿 全州人 汝谷 圓城下二 一百元 上

崔健鎬 干剛 庚申 全州人 圓城堂岩 道洞 二百元 上

崔永鎬 子修 乙丑 全州人 漆亭 一百元 上

河信義 景淑 壬戌 晋陽人 琴山 圓城大可 二百元 上

諸弘烈 乙丑 漆泉人 圓城大可 博連 二百元 上

諸復根 志震 丁酉 漆泉人 圓城大可 足谷 二百元 上

鄭福基 丁卯 晋陽人 博連 一百元 上

李鍾洙 西實 咸安人 可洞 二百元 上

諸鳳模 景韶 丁卯 漆泉人 明月洞 二百元 上

崔載祓 德彼 乙丑 全州人 鶴洞 一百元 上

諸洸鎬 清冷 己巳 漆泉人 圓城大可 足谷 二百元 上

▲정명안(正名案) 낙신(樂信)계 첫 쪽

75

동곡서당(東谷書堂)의 정명안(正名案)
-할아버님 제자분들의 동곡서당 정명안

명분에 상응하여 실질을 올바르게
정립하기 위하여 서당을 건립하자
어려운 현실에서도 백신계로 모은 뜻

일(一)권과 삼(三)권에 삼백여 제자명부
분실한 이(二)권까지 오륙백여 제자 뜻에
아버지 어머니 마음 감동으로 함께해

우리말 우리글을 배우지 못하도록
일제가 없애려 한 서당의 얼을 다시
우리의 가슴에 새겨 길이 이을 길이네

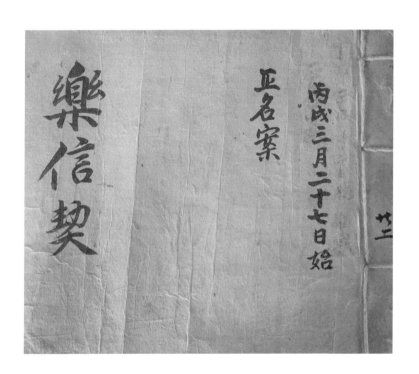

樂信契

正名案

丙戌三月二十七日始

卅二

풀잎

이슬 젖은 풀벌레가

온몸으로 업히는데

바람마저 기대니 언제쯤 허리 펼까

그래도 그 속에 행복?

끄덕끄덕 맞장구

하나의 힘

주인이 따로 없어 모두가 다 주인인

한목소리의 울음은

여려도

힘이 세다

들으면

담도록 하는

풀벌레의 울음처럼

햇귀

진을 친 비바람이

겹겹이 밀려와도

그 시샘을 이겨내고

 풋열매 여물도록

햇살은

전혀

개의치 않는 것을 어쩌랴

Sunshine

Rain and wind set up camp
Even if it makes a strong tide layer by layer

Overcome that jealousy
Until the green fruit ripens

Sunshine never mind
Sunshine never mind at all

해의 나이테

불꽃을 피우려는 연기가 매캐하다
덜 말라도 날아보려 콧물마저 쏟아낸다
오기로 견뎌내었던 어둠 속인 것일까

일제 치하, 물과 불이 함께 살던 조부님 맘
물로 꺼도 불로 솟는 고뇌를 딛고 넘어
희망의 끈을 붙잡고 후학들을 기르신

할아버지와 집안 내력, 당신의 삶 돌아보다
담배 연기 한 모금을 허공으로 내뿜으며
글 속에 담아둔 역사 돌아보시던 아버지

아버지의 마지막 담배일 줄 몰랐었다
나이테의 연기마저 아버지의 연기같이
빛만을 남겨두고서 하늘로 되돌아가

위로는 아버지 할아버지 또 그 위에는…
뿌리를 더듬다가 눈물 콧물 연기 탓은
불꽃에 나이테의 일기 그렇게 다 타간다

문학은 침묵의 언어로
사물과 대화한다

-김호운(한국문인협회 이사장)

해설

문학은 침묵의 언어로
사물과 대화한다

김호운
(한국문인협회 이사장)

　문학 작품이 문학으로서 그 기능을 다하려면 책 밖으로 나와 독자의 가슴에서 살아 숨 쉬어야 한다. 그리하여 독자는 한 번도 경험하지 못한 낯선 세상을 그 작품으로 간접 체험하며 삶을 아름답고 올곧게 변화시킨다. 이것이 문학 작품의 기능이자 역할이다.

　문인은, 특히 시인은 사물의 뒷모습에 감추어진 침묵의 언어를 들을 수 있어야 한다. 보이지 않는 그 언어를 통해 사물과 대화하며 보이지 않은 사물의 뒷모습까지 조영(照影)하여 독자에게 보여 주어야 한다. 이 침묵의 언어는 창작자가 빚은 작품의 문장 행간에 보이지 않는 문자로 스며들어 있으며, 독자는 이 보이지 않은 문자를 읽으며 낯선 사물과 대화한다.

　죽계(竹溪) 제정례 시인은 같은 해(2012년)에 문학일보

신춘문예(시 부문)와 창조문학신문 신춘문예(시조 부문)에 동시(同時) 당선하여 시와 시조 창작 능력을 두루 갖추었다. 등단하던 해에 이미 창조문학 신문 기획출판시집『깜부기의 첫사랑』을, 2016년에는 시조집『믈리사랑』을 펴내며 활발한 창작 활동을 하여 시단의 관심 있는 시선을 받았다. 이러한 능력을 두루 갖춘 제정례 시인에게는 그만한 내력이 있다. 경남 고성군 대가면에 가면 동곡서당(東谷書堂)이 있다.

시인의 할아버지 함재 제영근 선생이, 아버지 매수헌 제동철 선생의 뜻을 이어 일제강점기와 국난 극복기에 국민계몽교육을 위해 설립하여 운영하던 서당이다. 일제강점기의 고뇌가 담긴 한시들도 선생의 함재집에 담겨 있다. 시인의 아버지 제정도 선생도 함재 선생의 맥을 이어, 부인 이계순 여사의 내조에 힘입어 동곡서당을 운영 유지하며, 경남대학교 데라우치문고 번역 및 고성문화원 고문서 번역, 고성선사석어록 편찬 등을 담당하였다.

또 당항포 숭충사 초대제전 위원을 역임하며 숭충사 외 삼문 중 안진문과 추광문의 이름을 짓고 이순신 장군의 제향을 모시는 홀기와 축문을 작성하였다. 그러한 삶의 과정을 시 속에 담아내어 대한민국횃불문학상을 받은 시인이다. 3대에 걸쳐 시인이 활동하는 문학가 집안 출신이다. 이러한 내력이 시조「해의 나이테」에 잘 녹아 있다.

일제 치하, 물과 불이 함께 살던 조부님 맘
물로 꺼도 불로 솟는 고뇌를 딛고 넘어

희망의 끈을 붙잡고 후학들을 기르신

할아버지와 집안 내력, 당신의 삶 돌아보다
담배 연기 한 모금을 허공으로 내뿜으며
켜켜이 담은 글 속의 역사 돌아보시던 아버지

그것이 마지막 담배일 줄 몰랐었다
나이테의 연기마저 아버지의 연기같이
빛만을 남겨두고서 하늘로 되돌아가

위로는 아버지 할아버지 또 그 위에는…
뿌리를 더듬다가 눈물 콧물 연기 탓은
불꽃에 나이테의 일기 그렇게 다 타간다

　　ー「해의 나이테」 전문

　제정례 시인은 시조 「해의 나이테」에서 이 3대 문학가 집안의 내력을 그렸다. '담배 연기 한 모금을 허공으로 내뿜으며 / 글 속에 담아둔 역사 돌아보시던 아버지' / 학자이자 시인으로 살아간 아버지가 내밀하게 시를 빚는 모습을 이렇게 표현했다. 그 위로 할아버지가 일제강점기와 국난극복기에, 사재로 동곡서당을 운영하며 우리 민족의 대동단결을 도모하던 현실 및 시대상을 한시에 담았다. 자신 역시 그런 선대의 뜻을 기리면서 문학인의 길을 가고 있다. 할아버지와 아버지가 그랬듯이 눈물과 콧물을 흘리게 하는 연기같이 만만치 않은 고뇌와 고통의 시간이 기다리는 그 창작의 길을 시인 역시 뚜벅이처럼 걸어가고 있음을 '위로는 할아버지 그 위에 또 그 위에는… / 뿌리를 더듬다가 눈물 콧물 연기 탓은 / 불꽃에 나이테의 일기 그렇게 다 타간다'라고 이 시에서 묘사한다.

    제정례 시인이 이번에 두 번째 시조집 『꽃이 진다고 봄이 질까』를 펴낸다. 시인의 작품을 살펴보면 이러한 집안 내력에서 대물림한 덕인지 시상(詩想)을 형성하는 능력이 깊고 예리하다. 말하자면 침묵의 언어로 사물과 대화하며 시조와 현대시 세계를 넘어든다. 이렇게 빚어낸 제정례 시인의 작품에서 일관되게 관통하는 독창적인 색깔이 있다. 슬프거나 고달픈 삶의 뒷면에 드리운 그늘마저도 '큭' 하고 웃게 만드는 해학이 흐른다. 시인의 의도된 장치다. 그 해학을 마치 조각하듯 섬세하게 다듬는다. 행복이든 고통이든 자신에게 주어진 하나의 그릇에 함께 담는다. 굳이 '행복'이다 '고통'이다 하고 분별할 필요가 없다는, 삶에서 터득한 시인의 철학이 배어 있다. 운문인 시와 시조에 산문의 서사구조를 녹여놓은 듯한 한 줄기 이야기에 빠져들게도 한다. 이런 장치를 통해 작품들은 새로운 얼굴로 변신하며 시꽃으로 만개한다.
    표제어로 사용한 시조 「꽃 진다고 봄이 질까」에서 이러한 작가의 시 세계가 잘 드러나 있다.

강철 같은 겨울까지 씹어 먹고 자란 봄이
거기가 어디라고 아스팔트 틈새까지
똬리를 틀며 돋아나 잔망스레 싹쓸이

자라면서 비바람을 줄줄이 달고 올 줄
시치미 뚝 떼어도
다 안다는 눈총에는
빛나는 부활을 위해 피지 못한 몫까지

날마다 어디선가 아깝게 꽃은 져도
새 생명의 호흡으로 움트는 땅의 열기
봄이야 어찌 지겠나 꽃눈 잎눈 천진데

— 「꽃 진다고 봄이 질까」 전문

'강철 같은 겨울까지 씹어 먹고 자란 봄'은 아스팔트
틈새에 피었다. 여기에서 '봄'과 '꽃'을 동격으로 묘사하고
있으나, 이는 '세상'과 '삶'으로 환치되어 한 모진 생명을
시상(詩想) 밖으로 끌어낸다. 따뜻하고 포근한 봄(행복)을
기다리지만 삶은 그리 녹록한 게 아니다. '거기가 어디라
고' 시치미 뚝 떼고 목숨이 오가는 아스팔트 틈새에서 봄
을 맞는가. 이게 우리 인생이고 삶이다. 누군 편한 삶을

갖고 싶지 않겠는가. 가만히 있어도 시간은 흐르고, 봄이 오듯 세상은 그렇게 한 시절을 맞지만, 봄이라고 해서 다 같은 봄이 아니다. 그래도 희망은 있다. 이 '위험천만한 봄'을 이기면 '빛나는 부활을 위해 피지 못한 몫까지' 감당할 정도로 자기만의 봄을 만든다. 그리하여 '봄이야 어찌 지겠나 꽃눈 잎눈 천진데' 하면서 새 생명의 호흡으로 움트는 땅의 열기를 맞는다.

시조 「달빛 모정」과 「봄의 물구나무」에서는 사물과 나누는 '침묵의 언어'가 극명하게 모습을 드러낸다. 멀리 떨어져 있는 사물(하늘)과 가장 가까이 있는 사물(땅) 사이의 공간은 시인의 사유(思惟) 앞에서는 의미가 없다. 이 침묵의 언어는 시공(時空)과 형상을 초월하여 하나의 사물이 되어 눈앞에 등장한다.

당신의 무릎 대신 달빛 베고 누우면

지나간 날들이 다 무수한 별이 된다

하늘과 땅 사이가

수
억
리

밖 이어도

—「달빛 모정」 전문

'당신의 무릎 대신 달빛 베고 누우면' 살아온 날들의 사념(思念)들은 모두 별이 된다. 달빛을 베고 누울 수 있는 여유로운 마음은 그대로 우주를 품는다. 하늘과 땅 사이가 비록 수억 리보다 멀다 할지라도 그 숫자는 별 의미가 없이 하나가 된다.

새봄이 놀러 와서
거꾸로 섰나보다
주머니 속에서 막 쏟아지는 봄꽃들
밥상도 날마다 봄꽃 내내 그리 섰거라

—「봄의 물구나무」 전문

봄이 물구나무를 섰다. 사물을 바라보는 시인의 시선은 어디까지 연결되는 걸까. 가끔 내 나이가 '일곱 살'이라고 생각할 때가 있다. 여행하면서 차창 밖에 보이는 낯선 마을, 산자락에 옹기종기 모여 있는 그 마을을 보면서 '사람들은 왜 저곳에 와서 살게 되었을까?' 하고 엉뚱

한 생각을 가끔 한다. 지금은 여러 사람이 모여 함께 살고 있으나 처음 그 누군가 이곳까지 와서 살면서 터전을 넓혔을 것이다. 산이 있고 물이 있어 왔을지도 모른다는 원론적인 생각을 하다가 겸연쩍어 혼자 웃는다. 그런 생각을 해서 해답을 찾는 일이 지금 내가 떠나는 여행과 아무런 연결이 안 되는데도 그런 생각을 했다. 답을 이끌어 내지 못하는 그 겸연쩍은 마음 뒤끝에 내겐 일곱 살짜리 아이가 들어와 있다는 생각을 잇는다. 동심(童心)은 어린이에게만 있는 게 아니다. 어른이 되어서도 우리는 일곱 살 때의 그 동심을 붙들며 산다.

시조 「봄의 물구나무」에서 나는 제정례 시인의 '일곱 살'을 본다. 봄이 와서 여기저기 들과 산에 흐드러지게 핀 꽃들을 보며 '새봄이 놀러 와서 / 물구나무 섰나보다'라고 시상을 확대하는 시인은 분명히 봄의 소리를 듣고 있다. 심지어는 밥상 위에까지 그 봄꽃들이 쏟아진다. '내내 그리 섰거라'에 이르면 '큭' 웃음이 그 봄꽃 사이로 쏟아진다.

이번에는 달빛을 베고 눕는 게 아니라 달빛에 등을 기대고 선다. '달빛에 기대자, 달님이 휘청한다' 그 휘청하는 달빛을 보며 '내 생각의 무게가 / 너무 많이 나갔나' 하고 놀라는데, 짐짓 달빛은 장난기가 발동하여 그랬노라 의뭉스럽게 마무리한다. 이 짧은 시조가 빛을 내는 건 종결 문장 '달님은 장난기 섞어 짐짓 그래 보았다'가 있어서다.

달빛에 기대자, 달님이 휘청한다

내 생각의 무게가

너무 많이 나갔나

달님은 장난기 섞어 짐짓 그래 보았다

—「달빛에 등을 기대고」전문

생각이 복잡해질 때는 단순하게 여기는 게 해결책일 때가 있다. 복잡하게 꼬인 사연의 실타래를 풀려고 하기보다 꼬인 현상이 본래의 모습이라고 여기면 속이 편해진다. 제정례 시인의 작품을 보면 생각을 매우 단순하게 압축한다. '봄'을 거꾸로 세우기도 하고, '달빛'을 베고 눕기도 하고, 때론 그 달빛에 기대어 서기도 한다. 대상에 감정이입을 넘어서서 대상 자체가 되어 새로운 생명을 그려낸 비예측적 발견은 기실 엄청난 고뇌를 요구한다. 시조「밤」에서 시인의 그 고뇌를 만난다.

당신이 보고파서 마음이 추웠던가
마음이 추워져서 당신이 그리웠나
당신의 눈빛을 닮은 별을 헤는 나는

밤의 빛이 검을수록 별빛 더욱 깊어가고
별빛이 깊을수록 그리움도 깊은 것은
별들이 나를 읽어서 당신에게 전하여

— 「밤」 전문

시조 「밤」에서 나는 차가운 '밤'이고 그리운 당신은 '별'이다. 매우 불편부당하다. 기다리는 마음은 원망으로 곰삭혀야 사실적인데 이 시조에서는 그것을 '순종' 또는 맹목적인 '그리움'으로 묘사했다. 그 해답은 두 번째 연(聯)에서 그렸다. '밤의 빛이 검을수록 별빛 더욱 깊어가고 / 별빛이 깊을수록 그리움도 깊은 것은'처럼 밤의 빛이 검을수록 별빛 또한 더욱 깊어진다. 그리하여야 '나'가 그리는 '당신'인 별빛이 더욱 영롱하게 빛날 수 있다. 이 시조 역시 그 해답을 마지막 문장에서 반전 형식으로 툭 던진다. '별들이 나를 읽어서 당신에게 전하여'는 '내(밤)'가 순종적으로 '당신(별)'을 그리워하는 건 결국 그 별이 내 마음을 읽어서 당신에게 전해지게 하기 위해서다.

제정례 시인의 작품은 사물의 언어를, 보이지 않은 그 언어를 새로운 사물로 환치하여 독자들에게 전한다. 이는 매우 독창적인 시선으로 시인의 작품을 감상하는 독자들의 가슴에 환한 빛으로 경이(驚異)를 만든다. '경(驚)+이

(異)'는 단순한 놀람이 아니다. 새로운 또는 낯선 세계를 경험한 환희의 놀람이다. 작품을 통한 이 경이가 한동안 진행될 듯한 예감이 보인다.

문학 독자들이 줄어든다고 많은 문인이 이구동성으로 걱정한다. 그런 현상이 있는 건 사실이지만 그렇다고 걱정으로 해결할 문제가 아니다. 좋은 작품, 새로운 작품으로 독자들의 마음을 가져오는 게 중요하다. 제정례 시인의 작품 활동에 큰 기대를 걸며 독자들에게 큰 사랑을 받기를 희망한다.

영시 번역자

「꽃이 진다고 봄이 질까(Would spring be faded though the flowers fade)」
송하라 – 한양대학교 졸업, 충남대학교 석사, 공기업에 재직 중.

「달빛 모정(Mother's Love Beneath the Moonlight)」
「햇귀(Sunshine)」
송수아 – 서울교육대학교 졸업, 경상대학교 석사, 교사로 재직 중.

「미련(Lingering)」
장소희 – 경상대학교 졸업, 금융기관에 재직 중.

「밤(Night)」
제종숙 – 진주교육대학교 졸업, 교사로 재직 중.

「부부의 푸른 여백(A Couple's Blue Space)」
송명철 – 공군 사관학교 졸업, 장교로 복무 전역.

「인생(Life)」
김경이 – 부산대학교 졸업, 금융기관에 재직 중.

꽃이 진다고 봄이 질까

제정례 지음

발행처   도서출판 청어
발행인   이영철
영업   이동호
홍보   천성래
기획   남기환
편집   이설빈
디자인   이수빈 | 김영은
제작이사 공병한
인쇄   두리터

등록   1999년 5월 3일
          (제321-3210000251001999000063호)

1판 1쇄 발행 2023년 11월 30일

주소   서울특별시 서초구 남부순환로 364길 8-15 동일빌딩 2층
대표전화 02-586-0477
팩시밀리 0303-0942-0478
홈페이지 www.chungeobook.com
E-mail   ppi20@hanmail.net

ISBN   979-11-6855-211-1 (03810)

이 책은 경남문화예술진흥원 의 후원으로 출간되었습니다.
GYEONGNAM CULTURE AND ARTS FOUNDATION